L'ART DE CHOISIR SA MAÎTRESSE

Dans la même collection :

Beaumarchais
« Quand on a le bonheur d'aimer, tout le reste est vil sur la terre »
Lettres d'amour à Amélie Houret de La Morinaie

Henri IV
« J'ai tellement envie de vous »
Lettres d'amour (1585-1610)

Isabelle de Bourbon-Parme
« Je meurs d'amour pour toi… »
Lettres à l'archiduchesse Marie-Christine (1760-1763)
Édition établie par Élisabeth Badinter

Gustave Flaubert et Maxime Du Camp
« Nous allions à l'aventure par les champs et par les grèves »
Un voyage en Bretagne (extraits)

Guy de Maupassant
« Cette brume de la mer me caressait comme un bonheur »
Chroniques méditerranéennes

Princesse de Metternich
« Je ne suis pas jolie, je suis pire »
Souvenirs (1859-1871)

Raymond Rallier du Baty
« On peut aller loin avec des cœurs volontaires »
Aventures aux Kerguelen

« Je jure au marquis de Sade, mon amant, de n'être jamais qu'à lui… »

Duc de Saint-Simon
« Cette pute me fera mourir… »
Intrigues et passions à la cour de Louis XIV

BENJAMIN FRANKLIN

L'Art de choisir sa maîtresse

& autres conseils indispensables

TRADUIT PAR MARIE DUPIN

La lettre et la plume

ISBN : 978-2-253-08923-0 – 1re publication LGF

Benjamin Franklin, ou l'art de la facétie

S'il vous arrive de demander un jour, innocemment, qui est Benjamin Franklin, vous risquez d'être dérouté par la multiplicité des réponses. Si votre interlocuteur est un scientifique, il vous répondra : l'inventeur du paratonnerre. Un historien, quant à lui, répliquera : un des pères fondateurs des États-Unis, rédacteur de la Constitution américaine. Si parmi vos amis, vous avez un typographe, il vous dira : c'était un grand imprimeur et le créateur de la police de caractères portant son nom. Pour un musicien, il reste l'inventeur de cet instrument improbable, l'harmonica de verre. Quant au voyageur rentrant de New York, il se souviendra que son portrait orne les billets de cent dollars.

Mais Franklin, et cette facette du personnage est moins connue, était aussi un homme facétieux, amoureux de la fantaisie, adepte des mysti-

fications et des pseudonymes. Son humour et son sens de la dérision lui ont sans aucun doute permis de pondérer une personnalité forgée par le désir de réussite et le puritanisme ambiant des colonies américaines du début du XVIIIe *siècle.*

Né dans le Massachusetts en 1706, Benjamin Franklin est le dernier d'une famille de dix-sept enfants. À dix ans, son père le place en apprentissage chez son frère aîné, James, imprimeur à Boston. Il peut assouvir là son goût pour l'étude et les livres, apprendre son futur métier de journaliste, mais il en profite déjà pour laisser libre cours à son penchant pour le canular. Ainsi à dix-sept ans il rédige une série de lettres aussi drôles que cinglantes, trompeusement signées du nom d'une respectable veuve, Silence Dogood, *qu'il glisse la nuit sous la porte de l'imprimerie. James, conscient de la portée des textes de cette inconnue, les publie dans son journal le* New England Courant, *où ils remportent immédiatement un immense succès. Benjamin Franklin a déjà compris que l'humour lui permettra de véhiculer ses idées, même les plus dérangeantes. Il utilisera régulièrement ce procédé dans les journaux qu'il va créer, comme la* Gazette de Pennsylvanie, *et surtout pour la rédaction des* Almanachs du Bonhomme Richard, *qu'il dirigera pendant vingt-cinq ans.*

Sa vie durant, Benjamin Franklin restera convaincu du rôle éducatif de la presse, dans un jeune pays où les livres sont rares et les enfants peu scolarisés. Il est persuadé que, par le biais d'articles amusants, il peut transmettre des notions scientifiques simples et des rudiments d'économie domestique. Quelques-uns des textes publiés ici répondent à cet irrépressible besoin de transmission du savoir : en quelques lignes et grâce à une magnifique image, il réussit par exemple à faire comprendre la théorie copernicienne (« Un cuisinier fantasque »).

Mais certains de ses articles ont un contenu plus politique et l'utilisation de pseudonymes ou de la forme épistolaire, courante à l'époque, lui permet de déjouer la censure tout en rangeant les rieurs dans son camp. Franklin a longtemps espéré que l'Angleterre se comporterait avec respect et raison vis-à-vis de ses colonies américaines, mais il finit par prendre le parti des Insurgents, *c'est-à-dire des indépendantistes. Il jette donc son journal et surtout sa plume dans la bataille, tournant régulièrement les Britanniques en ridicule et se battant pour la liberté de la presse, que les gouverneurs locaux tentent de museler. Ces textes grinçants sont parmi les plus réjouissants de Franklin ; la lecture de ses conseils « pour transporter un serpent à sonnette » ou « pour humilier les rebelles américains » suffit à s'en convaincre.*

L'âge ne semble pas le rendre plus sage puisque de nombreux textes humoristiques datent de son séjour diplomatique à Paris, où il est envoyé par le jeune Congrès américain à partir de 1776 afin de solliciter de l'aide dans la guerre d'Indépendance contre l'Angleterre. Sa célébrité est alors considérable, tout particulièrement en France, où elle est renforcée par le prestige de sa mission politique. Il est reçu dans tous les salons puis à la cour. Peu à peu, la vie parisienne a raison de sa réserve puritaine et il se laisse gagner par l'esprit français. Il rédige directement dans notre langue les Bagatelles[1]*, de petits textes qu'il imprime lui-même pour les offrir à ses amis. Ses écrits parisiens perdent le ton parfois moralisateur de ses précédentes publications et il se permet même des échanges spirituels et futiles avec l'abbé Morellet au sujet du vin (« In vino veritas »).*

Quand Benjamin Franklin meurt en 1790, sa réputation de part et d'autre de l'Atlantique est immense et l'Assemblée nationale française déclare trois jours de deuil national. Mais son rôle de trublion ne cesse pas avec sa disparition, puisque deux de ses textes satiriques les plus célèbres, « L'art de

1. *Bagatelles et autres textes*, éditions Mille et une nuits, 2009.

choisir sa maîtresse » et le « Discours de Mlle Polly Baker », connaissent en 1957 un regain de popularité et réussissent encore à susciter le scandale outre-atlantique. En effet, cette année-là, la Cour fédérale de justice américaine décide de faire résilier les Obscenity Laws, *les lois de censure en vigueur aux États-Unis depuis le* XIXe *siècle. Les juges donnent pour exemple de leur obsolescence le fait que ces deux textes, rédigés par l'un des fondateurs de la nation américaine, l'un des rédacteurs de la Déclaration d'indépendance, un savant respectable et honoré de tous les patriotes, tomberaient sous le coup de la loi s'ils venaient d'être publiés. Ils veulent ainsi prouver que, en 1957, des écrits largement diffusés deux cents ans plus tôt, conduiraient illico leur auteur en prison. Ces lois seront abrogées peu après, et nul doute que ce dernier pied de nez aux institutions n'aurait pas manqué d'amuser Franklin.*

Marie DUPIN.

L'art de choisir sa maîtresse

Cette lettre, datée du 25 juin 1745, a été retrouvée dans la correspondance privée de Benjamin Franklin. On ne sait pas grand-chose de ce texte ; on ne sait, entre autres, à qui il était adressé et s'il fut jamais envoyé.

Mon cher ami,

Je ne connais pas de remède adéquat pour atténuer le violent penchant dont vous me faites part. D'ailleurs, s'il en existait un, je ne crois pas que je devrais vous l'indiquer car l'unique antidote à vos difficultés semble bien être le mariage. L'état matrimonial est le plus naturel pour l'homme, et mieux encore, c'est celui qui vous apportera avec certitude un bonheur durable. Vos réticences à vous y engager sur-le-champ me semblent sans fondement. En effet, les quelques avantages que vous escomptez tirer de cette renonciation ne sont pas seulement hasardeux, ils sont surtout bien peu de chose en comparaison du fait lui-même, être marié et installé. C'est l'union de l'homme et de la femme qui génère un être humain complet. Lorsqu'ils sont séparés, elle désire la force de son corps et la solidité de sa raison ; lui, sa douceur, sa sensibilité et la finesse de sa sagacité. Ensemble, ils sont mieux armés pour réussir dans le monde. Un célibataire est fort loin d'avoir la valeur et les qualités qu'il aurait pu atteindre dans le mariage. C'est un animal incomplet. Il ressemble à la moitié dépareillée d'une paire de ciseaux. Si vous avez une épouse robuste et avisée, votre diligence dans votre profession, aidée par sa bonne gestion, suffira à votre fortune.

Mais si vous ne tenez pas compte de ce conseil, et persistez à penser que le commerce avec le beau sexe est inévitable, je vous répète alors mon précédent avis : quant à l'objet de vos amours, vous devriez *préférer les femmes mûres aux plus jeunes*. Vous me rétorquez que c'est une incongruité, et demandez mes raisons. Les voici :

Premièrement,

parce qu'elles connaissent mieux le monde et que leur esprit s'est nourri de maintes observations, leur conversation s'est enrichie et sera plus durablement plaisante.

Deuxièmement,

parce que lorsque les femmes cessent d'être belles, elles s'efforcent de devenir bonnes. Pour conserver leur influence sur les hommes, elles compensent l'altération de leur beauté par l'augmentation de leur utilité. Elles apprennent à rendre mille services, du plus petit au plus grand, et sont les plus tendres et les plus utiles des amies quand vous êtes malade. Ainsi restent-elles aimables. Il est en effet bien difficile de trouver une femme mûre qui ne soit excellente.

Troisièmement,

parce qu'il n'y a pas de risque d'enfants. Ceux-ci, lorsqu'ils sont produits irrégulièrement, peuvent parfois s'assortir de nombreux inconvénients.

Quatrièmement,

parce que grâce à leur grande expérience, elles sont plus prudentes et discrètes dans la conduite d'une intrigue afin de prévenir les soupçons. Une liaison avec elles est, de plus, sans danger pour votre réputation. Quant à la leur, si l'affaire venait à se savoir, on peut considérer que les gens seraient plus enclins à absoudre une femme d'un certain âge de s'être gentiment préoccupée d'un jeune homme, de l'avoir formé par ses conseils et d'avoir évité ainsi qu'il ruine sa santé et sa fortune avec de vénales prostituées.

Cinquièmement,

parce que dans chaque animal qui marche debout, la carence des fluides nourrissant les muscles apparaît tout d'abord dans la partie haute : le visage, en premier lieu, devient mou et froissé ; puis le cou ; puis le torse et les bras ; et cela continue avec les parties basses qui s'empâtent alors définitivement. Si l'on s'avise de dissimuler le haut de leur corps sous un panier et de ne considérer que ce qui est plus bas que la ceinture, il est impossible entre deux femmes de différencier une vieille d'une jeune. Et de même que la nuit tous les chats sont gris, le plaisir ou la jouissance physique avec une vieille femme est au moins égal, voire même souvent supérieur. C'est grâce à la pratique que le tour de main s'améliore.

Sixièmement,

parce que le péché est moindre. Débaucher une vierge peut causer sa perte et la rendre malheureuse sa vie durant.

Septièmement,

parce que le remords est moindre. Avoir rendu une jeune fille *malheureuse* peut vous faire ressasser de sombres pensées ; rien de tout cela pour avoir rendu une femme mûre *heureuse*.

Huitième et dernièrement,

elles sont *si reconnaissantes* !

Cela fait beaucoup pour une simple incongruité. Mais je persiste néanmoins à vous conseiller un prompt mariage, sincèrement.

Votre ami affectionné,

B. Franklin

Un bon agent de police

En 1729, Benjamin Franklin rachète la Gazette de Pennsylvanie *publiée à Philadelphie et en fait rapidement le journal le plus lu et le plus rentable de l'Amérique coloniale grâce à un mélange de sujets graves et légers, de vraies nouvelles et de faux faits-divers à la manière de ce petit texte publié le 24 juin 1731.*

Il paraît évident que, ces temps derniers, une malheureuse planète grincheuse se pose en rivale de Vénus pour diriger nos intrigues amoureuses. D'après ce que nous avons appris, c'est le mardi de la semaine passée qu'un certain agent de police s'entendit avec une de ses voisines pour effectuer une *ronde de nuit* avec elle. Elle promit donc de laisser une fenêtre ouverte pour qu'il puisse la rejoindre. Mais comme il faisait sa ronde dans le noir, il se trompa de fenêtre et entra dans une chambre où était couchée une autre femme, dont le mari dormait dans un lit tout proche. La pauvre femme, devinant bientôt qu'il ne pouvait s'agir de son époux, fit tant et tant d'histoires que cela réveilla le brave homme. Celui-ci, trouvant ce lieu investi sans sa permission, commença à rouer de coups l'intrus, sans aucune pitié. On peut penser que notre pauvre galant malchanceux, s'il n'avait courageusement appelé au secours (comme s'il était en train de requérir de l'aide *au Nom du Roi*), et ainsi donné l'alarme à toute la maisonnée, n'aurait pas eu plus de chances de rester en vie entre l'épouse et le mari qu'un morpion pris entre deux ongles.

Anthony Afterwit

Benjamin Franklin a bien souvent utilisé
la Gazette de Pennsylvanie *pour promouvoir*
son idéal de vie économe et industrieux,
mais toujours avec la volonté de distraire.
Cette parabole, publiée dans le numéro
du 24 juillet 1732, est censée avoir été envoyée
au journal par Anthony Afterwit,
littéralement Anthony Le-sage-tardif.

Je suis un honnête marchand, qui n'a jamais fait de mal à personne. Mes affaires prospéraient tranquillement lorsque j'étais célibataire ; mais j'ai rencontré récemment quelques difficultés, et je prends la liberté de vous en dresser un bref aperçu.

Dans les temps où je commençais à fréquenter celle qui est désormais mon épouse, son père déclarait à qui voulait l'entendre que si elle choisissait d'épouser un homme qu'il agréait, il lui donnerait 200 £ le jour de son mariage. Il est vrai qu'il ne me l'a jamais dit personnellement, néanmoins il m'a toujours reçu dans sa maison avec beaucoup de gentillesse, et semblait accueillir favorablement ma cour. Je formais de nombreux agréables projets pour utiliser au mieux ces 200 £, et ce faisant, négligeais dans une certaine mesure mes activités. Mais il advint fort malencontreusement que lorsque le vieux monsieur me vit engagé dans l'affaire matrimoniale à tel point que tout retour en arrière semblait impossible, il fut pris, sans donner la moindre raison, d'un violent courroux, m'interdit l'entrée de sa demeure et déclara à sa fille que si elle m'épousait elle ne recevrait pas un sou. Néanmoins, quoiqu'il ait pu en penser, cela ne nous découragea pas pour autant et nous nous mariâmes secrètement. Lorsque j'installai mon épouse dans son nouveau foyer, nous n'étions pas tout à fait aussi pauvres que le couple de cette chanson écossaise qui n'avait :

Ni poêle, ni casserole,
Mais quatre jambes nues pour tout bien.

Ma maison était déjà convenablement installée, comme il convient à un homme ordinaire et je n'en devais aucuns remerciements à mon beau-père qui, je l'ai rapidement compris, se montrait fort satisfait de son habileté. J'ai depuis appris que de nombreux vieux *grippe-sous*, comme on dit, utilisent ce tour pour marier leurs filles tout en conservant ainsi leur magot le plus longtemps possible. Mais je ne m'éloignerai pas plus de mon sujet ; *vous m'avez compris !*

Je constatai bientôt qu'en nous montrant économes et industrieux nous pourrions vivre agréablement et respectés de nos voisins. Mais mon épouse aspirait à être une Dame. En vertu de quoi, mon vieux miroir démodé se retrouva un jour brisé *on ne sait trop comment*, me dit-elle. *Et, mon cher, nous ne pouvons rester sans miroir*, ajouta-t-elle, *nous devrions acheter celui que Monsieur Untel cherche à vendre, il est grand et tout à fait au goût du jour ; il n'est guère plus cher qu'un miroir ordinaire, mais il est beaucoup plus beau et bien plus prestigieux*. Par conséquent, la glace fut achetée et accrochée au mur. Puis, pendant les jours qui suivirent, on me sensibilisa petit à petit au fait que la table *n'était plus du tout assortie à un tel miroir*. Et quand une table plus appropriée fut fournie, mon épouse, qui est une excellente maîtresse de maison, affirma que nous devrions nous procurer de belles chaises par la même occasion. Ainsi, l'un après l'autre, tous mes vieux meubles furent entreposés dans le grenier et remplacés par de plus beaux.

Si nous en étions restés là, tout serait allé pour le mieux. Mais mon épouse aimait par-dessus tout prendre le thé chez les Dames auxquelles elle rendait visite. Comme nous ne pouvions faire moins que de leur rendre la politesse, il nous parut nécessaire d'acquérir une table à thé et tous ses accessoires *en porcelaine de Chine* et *en argent*. Puis, épuisée par le ménage de la maison, ma femme tomba malade et l'embauche d'une *servante* s'avéra indispensable. Enfin, il arriva fréquemment que, rentrant à la maison à *une* heure de l'après-midi, le repas venait juste d'être mis sur le feu, simplement parce que ma chère et tendre *pensait réellement qu'il n'était que onze heures*. Rentré à la même heure le lendemain, elle s'étonnait de mon retard, car *le repas était prêt et m'attendait depuis deux heures*. Cette mauvaise appréciation du temps causa de telles irrégularités que cela acheva de me convaincre de l'absolue nécessité d'*acheter une pendule*. Mon épouse me fit d'ailleurs observer qu'elle ornerait agréablement le salon ! Hélas, dans les jours qui suivirent, ma femme se trouva à nouveau souffrante de diverses indispositions, et rien ne la soulageait tant qu'une *promenade à cheval* ; mais *ces chevaux de louage sont de si laides et misérables créatures* que j'ai fini par acheter une jument de belle allure qui a coûté 20 £. Ces événements datent de quelques mois.

J'ai rapidement pris conscience que ce mode de vie était incompatible avec mes revenus, mais je n'avais malheureusement pas assez de fermeté pour m'y opposer. Quelque temps plus tard, recevant une très sévère relance d'un créancier qui mentionnait le tribunal comme prochain recours, je commençais à sérieusement envisager de trouver une solution. Or, lundi dernier, mon aimée est partie rendre visite à une parente demeurant près de la rivière. Elle compte y rester une semaine ou deux, car *elle ne peut plus supporter la chaleur de la ville*. Je profitai donc de cette absence pour, à mon tour, effectuer quelques changements. En premier lieu, j'ai renvoyé la servante avec armes et bagages (en quoi aurions-nous eu besoin d'une domestique, alors que nous n'avons à nous occuper que de nous et de notre fils). J'ai vendu la belle jument, et acheté une bonne vache laitière pour seulement 3 £. Je me suis débarrassé de la table à thé et j'ai installé à sa place un rouet qui me semble *absolument ravissant* ainsi que neuf corbeilles pleines de lin. Avec une partie de l'argent du service à thé, je me suis procuré des aiguilles à tricoter car, à la vérité, je commençais à manquer de bas. En remplaçant l'orgueilleuse horloge par un sablier, j'ai gagné une somme rondelette ; et l'un des fragments de mon miroir si démodé, une fois retaillé et encadré, a pris la place de son imposant successeur que j'ai exilé dans un cagibi, où il restera vraisemblablement durant des années. Bref, l'aspect de notre intérieur a complètement changé et je suis absolument enchanté quand je constate combien mon sablier *orne le salon*. J'ai payé mes dettes et retrouvé quelque argent dans ma poche. J'attends le retour de mon épouse vendredi prochain, et sachant que votre *Gazette* est lue dans la maison où elle séjourne, j'espère qu'elle aura ainsi pris connaissance de mes décisions. Elle sera donc préparée à cette surprenante révolution. Si elle peut s'habituer à cette nouvelle existence, nous pourrons nous considérer comme le couple le plus heureux qui soit, peut-être même le plus heureux de la Province et, avec l'aide de Dieu, retrouver rapidement une situation prospère. J'ai conservé le splendide miroir, car je sais qu'elle y tient particulièrement. Le jour de son retour, je tolérerai de la voir soudainement s'évanouir, souffrir de migraine, de maux d'estomac, ou de toute autre indisposition qu'elle jugera plus convenable ; et elle pourra s'aliter aussitôt qu'il lui plaira. Mais si je ne la retrouve pas en pleine santé, de corps et d'esprit, le lendemain matin, ledit splendide miroir s'en ira le jour même et sera mis en vente avec d'autres babioles dont je n'ai pas encore eu l'opportunité de me défaire. Voici, Monsieur, la décision irrévocable de son tendre époux, par ailleurs votre humble serviteur,

Anthony Afterwit

Post-scriptum : Vous savez que nous pourrons retrouver notre train de vie antérieur dès que nous le voudrons, si Père est prêt à en faire la dépense.

Sur les commérages

Cette lettre, publiée dans la Gazette de Pennsylvanie *du 12 septembre 1732, fait apparaître pour la première fois Alice Addertongue, littéralement Languedevipère, le pseudonyme qu'utilisera à plusieurs reprises Benjamin Franklin pour colporter des scandales épinglant des membres éminents de la société de Nouvelle-Angleterre. Notons qu'il profite de ce texte pour égratigner au passage le journal le* Mercury, *son principal concurrent à l'époque.*

Monsieur le Journaliste,

J'ai pris grand plaisir à lire votre article sur les *Commérages* la semaine passée. Vous y défendiez une opinion peu commune mais qui correspond agréablement à mes principes et à mes propres agissements. Il répond d'ailleurs également fort à propos à un impertinent correspondant du *Mercury*, qui achevait jeudi dernier l'un de ses stupides écrits en se lamentant, en vérité, de voir le sexe faible particulièrement coupable de ce crime épouvantable : le commérage. Malheureusement, il semble que, de façon tout aussi insensée, le moindre nigaud sachant tenir une plume, tant parmi les auteurs anciens que les modernes, se croie autorisé à s'en plaindre également. Mais si le fait de *médire* est vraiment un crime, que font donc ces petits impertinents ? Ils le décrivent sous les couleurs les plus odieuses et les plus abominables, le présentent comme le pire des forfaits et englobent charitablement dans leur critique l'ensemble de la gent féminine. Mais, en condamnant les médisances, ne se rendent-ils pas eux-mêmes coupables de ce qu'ils réprouvent ? Pour nous accuser d'un quelconque méfait, ils se verraient déjà dans l'obligation de se livrer aux commérages, mais nous calomnier en se rendant coupables de calomnies est d'une absurdité pire encore et procède de la plus grande impudence associée à la plus profonde stupidité.

Vous avez, je pense, convaincu tous les gens raisonnables que rien n'est plus erroné que de considérer les commérages comme criminels. Laissons donc là ce parti de faux-moralistes, et permettez-moi de vous entretenir de ma vie et de mes habitudes.

Je suis une jeune femme d'environ trente-cinq ans, et j'habite avec ma mère. Je n'ai pas à me soucier de gagner ma vie et par conséquent c'est par devoir mais aussi par plaisir que j'exerce mes talents de COMMÈRE, pour le bien de mes voisins. J'ai appris qu'un empereur d'une grande bonté déclarait à ses amis que chaque jour passé sans avoir apporté son aide à son prochain était, je cite en latin, *diem perdidi*, ce qui signifie, il me semble : *un jour perdu*. Je crois que je pourrais reprendre cette expression à mon compte s'il m'arrivait de passer une seule journée durant laquelle j'aurais perdu une occasion de discréditer quelqu'un. Mais Dieu soit loué, une telle Infortune ne m'est jamais advenue au cours de ces douze dernières années.

Néanmoins, quel que soit le Bien que je puisse faire, je ne prétends pas m'être exercée à pratiquer cette Vertu par altruisme et je me souviens même que dans mon enfance j'avais une tendance certaine à faire mon propre éloge, ce qui me valait maintes remontrances. Jusqu'au jour où, ayant été sévèrement fouettée pour ma suffisance, je m'engageais dans la voie de la Critique d'autrui. En un mot, on réprima un petit ruisseau d'éloquence en ma faveur, et il se transforma alors en fleuve à propos de tous les autres. Ainsi, je pris plaisir à me retrouver en société, sans me sentir pour autant brimée. Car, en fin de compte, y a-t-il tant de différences entre se mettre en avant et rabaisser autrui ? Les Commérages, comme toute vertu, portent en eux-mêmes leur propre récompense en nous donnant la satisfaction de paraître meilleurs que les autres, tout en constatant qu'ils ne nous sont réellement pas supérieurs.

Jusqu'à présent, ma mère, cette brave femme, et moi avons été en désaccord sur ce sujet. Elle considère que les potins corrompent toute conversation agréable, et je maintiens à l'inverse qu'il ne saurait en être sans cela. Nos disputes ont été telles que nous avons décidé de recevoir séparément pour le thé. Dès lors, je choisis d'accueillir mes invitées dans la cuisine. Le jour suivant cette sécession, nous avons pris notre thé au même moment, mais ma mère et ses visiteuses restèrent au salon. Elle refusait d'entendre les derniers développements à propos du caractère d'Untel ou Untel, mais commença une sorte de discours entièrement nouveau dans lequel elle exposait une philosophie fort déconcertante : *Je suis parfois bien satisfaite*, disait-elle, *quand je constate après observation que le monde n'est pas si mauvais que ce qu'imaginent les gens à l'humeur chagrine. Il y a quelque chose d'aimable ou quelque belle qualité en chacun de nous. Même en pensant à celles qui méritent le moins notre respect, nous constatons que l'une est toute dévouée à son père, telle autre a un sourire magnifique, telle autre montre infiniment de respect à son mari, ou se montre très bonne envers ses voisins et a une silhouette ravissante, telle autre encore est toujours prête à venir en aide à ses amis, et mon opinion est qu'il n'y a pas dans cette ville de femme qui n'ait au moins un air affable et une allure accorte.* Cette déclaration édifiante dura presque une demi-heure, à la suite de quoi elle conclut en affirmant : *Je n'ai aucun doute sur le fait que chacune d'entre vous ait fait un jour les mêmes constatations, et je serai heureuse que nous conversions sur ce sujet.* J'entrebâillais la porte à cet instant, et je crois n'avoir jamais vu tant de visages inexpressifs : ni heureux, ni désolés, ni mécontents, ni satisfaits, ni même attentifs ; mais (pardonnez ma comparaison) qui me rappelaient les physionomies sans vie des personnages en pain d'épice. Dans la cuisine, nous avions entrepris de commenter le comportement ridicule de Mrs… lorsqu'elle découvrit l'intrigue qu'entretenait son mari avec sa servante, et certains passages nous faisaient rire si fort que l'une des plus sévères auditrices de ma mère se leva, sans même daigner répondre à son discours, *sous le prétexte de comprendre ce qui amusait ainsi les jeunes filles.* Elle fut suivie par une seconde, puis très rapidement par une troisième, et finalement la pauvre vieille dame se retrouva seule, convaincue que son entreprise était sans espoir. Elle nous rejoignit alors pour terminer sa tasse de thé, considérant que *Saül lui-même s'était joint aux Prophètes*, et notre différend fut oublié.

Par mon zèle et mon sérieux, je suis devenue le centre de tous les commérages de la Province ; si léger que soit le bruit, je l'entends. Je suis entrée dans le monde avec cette maxime : *aucun commerce ne peut perdurer sans contreparties*, ainsi dès que j'apprends une bonne histoire, je fais tout mon possible pour en transmettre deux équivalentes ou une seule, mais de qualité, à mes hôtes. Ma régularité dans ce type d'échanges m'a valu beaucoup d'encouragements et m'a apporté un incroyable volume d'affaires que je n'aurais pu traiter sans une méthode efficace et une diligence sans failles. Car, en plus de l'afflux de scandales qui arrive naturellement jusqu'à moi, je pratique mon art de telle façon que je réussis à extirper des indiscrétions de personnes étant les moins enclines à se confier. Vais-je vous livrer mon secret ? Oui ; le laisser mourir avec moi serait inhumain. Prenons un quelconque voisin, si je n'ai jamais rien entendu de désagréable à son propos, je mets toujours cela au crédit d'un défaut de renseignements, car *personne n'est sans taches, non, personne*. S'il s'agit d'une femme, je profite de la première occasion pour apprendre à ses amis que j'ai entendu dire qu'un homme considéré comme l'un des plus séduisants ou des meilleurs de notre ville a fait quelque compliment sur sa beauté, son esprit, sa vertu ou ses qualités domestiques. Si vous connaissez un tant soit peu la nature humaine, vous savez qu'il n'en faut pas plus pour que la conversation porte sur les faiblesses passées, présentes et à venir de la dame. Dans le même but, et avec un succès identique, je m'étends sur la réputation de tel ou tel homme devant ses rivaux en amour, en affaires ou dans toute autre activité. En période électorale et si cela me semble nécessaire, je fais l'éloge de chaque candidat devant des membres du parti adverse, et j'écoute avec grande attention ce qui m'est objecté. (Mais dans ce dernier cas, les louanges ne sont pas toujours nécessaires et doivent être utilisées avec circonspection.) Ces dernières années, je n'ai eu besoin que d'attentivement écouter ce qu'ils révélaient les uns des autres, sans intervenir et, pour aider ma mémoire, j'ai tenu scrupuleusement le compte de toutes les accusations et informations. Celui qui, après ma mort, lira attentivement mes carnets, sera amené à croire qu'à une certaine époque les habitants de Pennsylvanie avaient choisi de confier la responsabilité de leur Justice et de leurs Finances aux pires filous, coquins et imbéciles de toute la Province. La période des élections est généralement très chargée pour moi, mais cette année où je m'en préoccupe particulièrement, les gens sont devenus si bienveillants, si résolus à partager en toute amitié festins et distractions, que je crains de manquer d'occupation.

J'ai déjà mentionné que, sans une méthode appropriée, je n'aurais pu faire fructifier mes affaires. Lorsque mon père était encore de ce monde, j'avais appris à tenir les comptes, et j'applique désormais fort avantageusement cet enseignement à mon industrie. Je remplis très régulièrement mes divers livres, et je puis dire à chaque instant, où en sont les choses entre le Monde et moi. Dans une *Main-courante*, je transcris sans délai chaque diffamation comme s'il s'agissait d'une transaction ; les scandales *collectés* sont inscrits au Crédit ; et quand je les *décaisse* à mon tour, je note l'identité de ceux qui m'écoutent dans la colonne Débiteurs. Dans mon *Journal*, j'enrichis chaque histoire d'un certain nombre d'améliorations, telles que les circonstances probables, ou les conséquences que je crois possibles, et je reporte régulièrement le tout dans mon *Grand Livre de Comptes*.

Je suppose qu'au fond de son cœur le lecteur m'a déjà condamnée, en particulier pour mes *ajouts personnels* ; mais je peux justifier cet aspect de mon activité. J'ai pour principe de considérer que personne ne devrait avoir une meilleure réputation qu'il ne le mérite réellement et ainsi tenter d'abuser ses concitoyens. Je sais qu'il est de l'intérêt de chacun de s'efforcer autant que possible de dissimuler *tous* ses vices et *toutes* ses folies ; et je maintiens que ces personnes qui tolèrent qu'un *quart* de leurs manquements parviennent à la connaissance du public sont *extraordinairement* stupides ou imprévoyantes. En tenant compte à la fois de la prudence et de l'imprudence de nos contemporains, je suppose que chacun ne révèle pas plus d'un cinquième de ses fautes. C'est pourquoi, quand j'entends parler des actions de quelque malfaisant, je crois rester dans les limites de la modération si, en les colportant, je ne les grossis que *trois* fois ; et ce tout en conservant le privilège de ne les accuser que d'une faute sur quatre, faute dont, pour autant que je le sache, ils pourraient être entièrement innocents. Vous voyez, peu nombreux sont ceux qui prennent soin autant que moi de rendre Justice. Quelle raison aurait donc l'humanité de se plaindre des *commérages* ? D'une façon générale, ce que l'on peut dire de pire sur nous n'est que la moitié de ce qui pourrait être dit, si tous nos écarts étaient connus.

Mais hélas, j'ai succombé à deux terribles maux ces derniers temps. Un pénible refroidissement m'a rendue quasi muette, et une rage de dents plus cruelle encore me mettait au défi d'oser ouvrir la bouche. Ces jours passés, j'ai récolté dix histoires pour une seule livrée, et je suis dans l'incapacité d'équilibrer mes comptes sans votre assistance. J'ai longuement réfléchi et suis arrivée à la conclusion que si vous acceptiez de faire de votre journal le véhicule de tous les commérages, vous doubleriez le nombre de vos abonnés. Je vous envoie ci-joint, en acompte, 4 mauvais tours de domestiques, 2 pertes de virginité, 5 cocus, 3 femmes battues et 4 maris dont les femmes portent la culotte, le tout survenu dans la quinzaine. Vous pourriez, au même titre que les articles d'information, les délivrer au public ; et, pour peu que mes dents continuent à me faire souffrir, je vous en enverrai plus encore.

Votre fidèle lectrice,

Alice Addertongue

Quelques règles pour devenir un compagnon détestable

Pour Benjamin Franklin, la conversation était un mode essentiel de diffusion de la culture. En 1730 à Philadelphie, il fonde « la Junte », une sorte de club dont les membres se retrouvaient chaque semaine pour débattre de sujets philosophiques. Mais dans la Gazette de Pennsylvanie *du 15 novembre 1750 il semble que Benjamin Franklin donne de bien curieux conseils sur la manière de se comporter en société.*

Règles grâce à l'observation desquelles un homme cultivé et plein d'esprit pourra réussir à devenir un compagnon détestable.

Votre grande affaire est de *briller* ; il vous faut donc par tous moyens éclipser l'éclat de vos voisins afin qu'il ne ternisse pas le vôtre. Pour cela :

Vous devez, autant que faire se peut, accaparer la conversation et, si d'autres sujets font défaut, parler abondamment de vous, de votre éducation, de votre savoir, de votre situation, de vos succès en affaires, de vos réussites, de vos points de vue et observations en toute chose, etc…

Si, alors que vous êtes à bout de souffle, un quelconque membre de l'assistance espère profiter de cette opportunité pour dire un mot, écoutez-le attentivement puis relevez, si possible, dans ses paroles ou dans son opinion, un point à contredire immédiatement afin de faire naître une dispute. Si vous ne trouvez pas, plutôt que de vous taire, critiquez sa grammaire.

S'il s'avère qu'un autre énonce un fait indiscutable, ne lui prêtez aucune attention, ou alors interrompez-le, ou détournez la curiosité de ses interlocuteurs, ou si vous pouvez deviner ce qu'il s'apprête à dire, soyez le plus rapide et dites-le avant lui, ou si vous l'avez laissé parler et qu'il semble charmer l'assistance, faites vôtre son opinion puis remarquez qu'il cite *Bacon, Locke* ou *Bayle*, ou tout autre écrivain éminent. Non seulement vous lui ôtez le prestige que cette pensée brillante lui aurait procuré, mais encore vous gagnez pour vous-même d'avoir apporté la preuve de votre mémoire et de votre grande culture littéraire.

Après avoir été traitées de la sorte en plusieurs occasions, les personnes les plus timides choisiront de préférence de se taire dès qu'elles seront en votre compagnie, vous pourrez ainsi briller sans craindre le moindre rival et leurs insignifiances rassemblées rehausseront d'autant la qualité de votre esprit.

Vous serez ainsi certain de *vous* satisfaire. Le désir de toute personne courtoise est de contenter *les autres*, mais dans ce domaine également vous pourrez faire montre de votre supériorité. Un homme quelconque ne peut être présent qu'en un seul lieu, et par conséquent sera absent de vingt autres. Il ne peut donc se montrer agréable que là où il se trouve, alors que vous, le serez partout où vous *n'êtes pas*.

Discours de Mlle Polly Baker, mère de cinq bâtards

Ce texte fut publié pour la première fois le 15 avril 1747 dans un journal londonien, The General Advertiser. *Il sera repris ensuite maintes fois, avec quelques variantes, dans de nombreux journaux anglais, puis américains. Dans les années 1770, on en trouve plusieurs traductions en France et Diderot lui-même utilisera l'histoire de Polly Baker, considérée comme totalement véridique, pour fustiger l'hypocrisie. Ce n'est finalement qu'en 1777 que Franklin revendiquera la paternité de ce texte.*

La bâtardise était un sujet qui lui tenait à cœur : son fils aîné, William, qu'il reconnaîtra en 1730, était né de mère inconnue.

Voici le discours prononcé par Melle Polly Baker devant le Tribunal du Connecticut, colonie située près de Boston en Nouvelle-Angleterre, où elle était assignée pour la cinquième fois pour avoir donné naissance à un bâtard et qui conduisit la Cour à renoncer à son châtiment, puis l'un des Juges à la demander en mariage le jour suivant.

Je prie l'honorable Cour d'avoir l'indulgence de me laisser prononcer quelques mots : je suis une pauvre malheureuse ayant du mal à gagner assez d'argent pour mener une vie décente et qui ne peut payer un avocat afin qu'il plaide à sa place. Je n'importunerai pas Vos Honneurs avec de longs discours, car je n'aurai pas la prétention d'espérer vous persuader, de quelque manière que ce soit, de ne pas m'appliquer la peine prévue par la loi. Tout ce que je souhaite humblement est que Vos Honneurs seront assez charitables pour intervenir en ma faveur auprès du Gouverneur, afin que dans sa grande bonté il me fasse grâce de mon amende. C'est la cinquième fois, Messieurs, que je suis traînée devant cette Cour pour le même motif ; par deux fois, j'ai payé de lourdes amendes et par deux fois j'ai été menée au pilori pour une punition publique car je ne pouvais m'acquitter des sommes qui m'étaient demandées. C'est la loi, et je ne la conteste pas, mais il peut s'avérer que certaines lois soient véritablement peu judicieuses, au point d'être abrogées, et que d'autres semblent bien dures pour l'accusé lorsqu'elles ne tiennent pas compte de circonstances particulières. Néanmoins, il reste en votre pouvoir de vous dispenser de les appliquer. Je prends aujourd'hui la liberté d'affirmer que cette loi, par laquelle j'ai été punie, est à la fois peu pertinente et particulièrement sévère en ce qui me concerne, moi qui ai toujours vécu de façon inoffensive là où je suis née. Et je mets au défi mes ennemis (si jamais j'en ai) d'affirmer que j'ai déjà causé du tort à qui que ce soit, homme, femme ou enfant.

Abstraction faite de cette loi, je ne peux comprendre (que Vos Honneurs m'excusent) quelle est la nature de ma faute. J'ai, au péril de ma vie, mis au monde cinq enfants, je les ai bien élevés grâce au fruit de mon travail, sans jamais être un fardeau pour la communauté et j'aurai sans doute fait mieux encore si je n'avais pas dû payer de si lourdes amendes. Peut-on appeler crime (au vrai sens du terme, je veux dire) le fait d'accroître le nombre des sujets de Sa Majesté dans un pays qui a tant besoin d'habitants ? J'ose le dire, je crois que c'est un acte digne d'éloges plutôt que punissable. Je n'ai jamais volé le mari d'une autre, ni débauché aucun jeune homme ; je n'ai jamais été accusée de cela et personne n'a la moindre raison de se plaindre de moi, à part, peut-être, le Pasteur ou la Justice, parce que j'ai eu des enfants sans être mariée, et donc sans avoir acquitté la licence de Mariage. Mais en quoi est-ce ma faute ?

J'en appelle à Vos Honneurs. Vous pourriez avoir la tentation de croire que je refuse la voix de la raison, mais je serai la dernière des insensées de ne pas préférer l'honorable état d'épouse légitime à la condition qui est la mienne à présent. J'ai toujours voulu me marier, et aujourd'hui encore je ne doute pas de mes capacités à être une bonne épouse. J'en ai toutes les qualités, étant travailleuse, économe, bonne ménagère et fertile. Et je défie quiconque de dire que j'ai déjà refusé une offre de cet ordre. Bien au contraire, lorsque j'étais encore jeune fille, j'ai accepté sans hésiter la seule demande en mariage qui m'ait été faite. Mais j'ai eu une trop grande confiance en la sincérité de mon prétendant, et j'ai perdu mon honneur en me fiant à lui. Il me fit un enfant, puis m'abandonna. C'est un homme que vous connaissez tous, il est d'ailleurs devenu magistrat, et j'espérais bien le retrouver aujourd'hui dans ce Tribunal afin qu'il puisse influencer la Cour en ma faveur. On me méprisera peut-être pour avoir mentionné cette histoire, mais je dois maintenant dénoncer comme excessivement injuste et inéquitable que celui qui m'a perdue et trahie, celui qui est à l'origine de toutes mes fautes et de toutes mes erreurs (si c'est ainsi qu'on doit les considérer) puisse gagner en honorabilité et en pouvoir dans ce Gouvernement qui punit mes malheurs par le fouet et l'infamie.

Il me faut également ajouter que même si ma conduite n'a jamais transgressé les lois votées par les hommes, elle est parfois allée à l'encontre des préceptes de la Religion. Il me semble donc que si ma faute est d'ordre religieux, la punition doit l'être également. Or, vous m'avez déjà exclue des réconforts apportés par la Sainte Communion.

N'est-ce point suffisant ? Vous êtes convaincus que j'ai offensé le Ciel et que je souffrirai dans les flammes éternelles. N'est-ce point suffisant ? A-t-on encore besoin d'y ajouter les amendes et la flagellation ?

J'avoue ne pas penser comme vous ; si je croyais que ce que vous appelez péché en est réellement un, je ne l'aurais pas commis de façon aussi irréfléchie. Mais comment peut-on croire que le Ciel soit outragé par la naissance de mes enfants quand, malgré le peu que j'ai fait pour lui, Dieu a eu la bonté d'ajouter son don Divin et d'user de son admirable Habileté dans la création de leur corps puis de parachever son œuvre en leur offrant la raison et une âme immortelle ? Excusez-moi, Messieurs, si mon discours vous semble extravagant, je ne prétends pas connaître les desseins de Dieu. Mais vous, Messieurs, qui devez faire les Lois, c'est avec vos interdits que vous transformez certains actes naturels et utiles en crimes. Pourtant avez-vous pris en considération, dans vos sages délibérations, le nombre sans cesse plus important de célibataires que compte notre pays ? Ces hommes qui semblent, pour la plupart, craindre les dépenses qu'entraîne une famille, n'ont jamais de leur vie sincèrement courtisé une jeune fille dans un but honorable. Par leur existence, ils empêchent leur descendance de voir le jour sur un millier de générations (c'est tout juste un peu moins grave que s'ils devenaient des assassins). N'est-ce pas là une atteinte au Bien Public plus importante que la mienne ? La loi devrait les contraindre à se marier ou sinon à payer, chaque année, une amende deux fois plus importante que celle punissant la fornication.

Que doivent faire les pauvres jeunes femmes, quand la bienséance leur interdit de rechercher les hommes et que rien ne les astreint, eux, au mariage ? Quand les lois ne prennent pas soin de leur fournir des maris mais punissent sévèrement celles qui accomplissent leur Devoir sans eux ? Oui, leur Devoir, je l'affirme, celui que nous imposent la Nature et le Premier Commandement de Dieu, *Croissez et multipliez-vous*. Un Devoir dont rien n'a pu me détourner et dont la régulière exécution m'a fait perdre ma réputation tout en me causant bien des disgrâces et des condamnations. Et j'ose affirmer humblement que pour ma stricte observance de ce Devoir on aurait dû m'ériger une Statue au lieu de me fouetter en place publique.

Un cuisinier fantasque

À partir de 1732, Benjamin Franklin édite L'Almanach du Bonhomme Richard, *dans lequel il mêle conseils domestiques, renseignements scientifiques, proverbes et maximes. C'est un tel succès que la première édition se vend à dix mille exemplaires. Il y aura nombre de traductions et ces Almanachs seront à l'origine de sa notoriété dans la population française. L'éducation populaire était une des obsessions de Franklin et il profitait de l'audience de ces Almanachs pour, dans de courts textes souvent humoristiques, transmettre nombre de connaissances. Ainsi dans « Le cuisinier fantasque », paru dans l'édition de 1748, donne-t-il quelques notions d'astronomie.*

En l'an 1473, le 19 de ce mois de janvier, naquit Copernic, le célèbre astronome à qui nous devons l'invention ou plutôt la redécouverte (car Pythagore en avait déjà parlé il y a près de 2 000 ans) de ce qui est aujourd'hui couramment considéré comme le Système du Monde auquel il a d'ailleurs laissé son nom. Selon lui, le Soleil est au centre de l'univers, notre Terre une planète qui tourne autour en 365 jours, 6 heures, etc. ; le jour et la nuit sont la conséquence de la rotation de la Terre sur son axe, chaque révolution durant 24 heures, etc.

Le Système de Ptolémée, qui prévalait avant celui de Copernic, supposait que la Terre était fixe et que le Soleil en faisait le tour quotidiennement. Mr Whitson, un astronome de nos contemporains, affirme que le Soleil est 230 000 fois plus gros que la Terre, et distant de 130 millions de kilomètres : cet astre immense aurait donc dû parcourir plus de 770 millions de kilomètres en 24 heures. Un prodigieux voyage autour d'un si petit point ! Combien semble plus naturel le Système de Copernic ! Ptolémée ressemble à un cuisinier fantasque, qui, au lieu de tourner sa viande pour la faire rôtir, l'aurait embrochée puis parviendrait à faire virevolter autour son feu et sa cuisine tout entière.

Un cadran solaire détonant

Cette pochade est parue
dans L'Almanach
du Bonhomme Richard
de 1757.

Comment fabriquer un cadran solaire pour que, non seulement votre famille, mais tout le voisinage à dix lieues à la ronde puissent connaître l'heure lorsque le soleil brille, et ce sans même voir le cadran.

Choisissez un point dégagé de votre champ ou votre jardin que le soleil peut éclairer tout le jour sans obstacle d'aucune sorte, arbre ou bâtiment. Indiquez sur le sol des lignes pour les heures, dans les règles de l'art, comme pour un cadran horizontal, et laissez assez d'espace pour les canons. Sur la marque indiquant une heure, placez un canon ; sur celle de deux heures, deux canons et ainsi de suite. Les canons doivent tous être chargés avec de la poudre, mais les boulets ne sont pas nécessaires. Votre gnomon[1] doit

1. *Gnomon* : instrument astronomique composé d'une tige verticale faisant ombre sur une surface plane.

comporter douze lentilles, fixées de telle sorte que le soleil les traverse l'une après l'autre et que le premier foyer ou point de combustion tombe à une heure précise sur une traînée de poudre noire afin de l'embraser pour déclencher le premier canon. À deux heures, le foyer atteindra la ligne numéro deux et allumera une traînée de poudre qui déchargera deux canons successivement ; et ainsi de suite.

Notez bien qu'il faut soixante-dix-huit canons en tout. Des pièces de trente-deux seront les plus adéquates ; mais des pièces de dix-huit peuvent convenir, elles seront moins onéreuses et, en outre, utiliseront moins de poudre. Neuf livres de poudre suffisent pour charger chaque pièce de dix-huit alors que les pièces de trente-deux en requièrent chacune seize.

Notez également que la principale dépense sera pour la poudre ; les armes, elles, une fois achetées dureront au moins un siècle pour peu qu'on les entretienne.

Notez enfin que les jours nuageux permettront une grande économie de poudre.

Cher lecteur, il me semble t'entendre rétorquer : *c'est une bonne chose de savoir que le temps passe, mais ce genre de cadran solaire, en dépit des économies mentionnées, serait très coûteux ; et d'un coût supérieur aux avantages procurés.* Vous avez mille fois raison, mon ami, de vous montrer prévoyant ; quelques imbéciles n'auraient pris conscience de ces inconvénients qu'une fois le cadran installé. Laissons-les donc apprendre qu'il en va ainsi de nombreux projets publics et privés, qui, comme le cadran solaire détonant, demandent un grand investissement pour peu de profit.

Requête de la Main gauche

Ce texte, dont on ne connaît pas l'origine, est daté de 1785. Il a été retrouvé par le petit-fils de Benjamin Franklin, qui le publia, sans doute pour la première fois, après la mort de son grand-père dans le recueil qu'il fit paraître à New York en 1798.

Requête de la Main gauche, adressée aux personnes chargées de diriger l'éducation.

Je m'adresse à tous les amis de la jeunesse, et je les conjure de jeter sur mon triste sort un regard compatissant afin de réparer l'injustice dont je suis la victime. Nous sommes deux sœurs jumelles, et les deux yeux d'un homme ne sont ni plus semblables ni plus proches que nous ne le serions, ma sœur et moi, si la partialité de nos parents n'avait toujours fait la plus injurieuse des distinctions entre nous. Depuis ma plus tendre enfance, j'ai été conduite à considérer que ma sœur avait un rang plus élevé que le mien. J'ai souffert d'avoir dû grandir sans bénéficier de la moindre instruction, alors que rien n'a été négligé pour son éducation. Elle a eu des maîtres pour lui apprendre à écrire, à dessiner, pour lui enseigner la musique et tous les arts d'agrément ; mais si par hasard je touchais à une plume, un crayon ou une aiguille, j'étais cruellement réprimandée et immédiatement châtiée pour ma maladresse et mon manque d'aisance et de délicatesse. En quelques occasions, je dois l'avouer, ma sœur a recours à moi, mais elle met un point d'honneur à toujours tout régenter, ne m'appelant qu'en cas de nécessité, ou pour l'accompagner.

Mais je vous prie de croire, Messieurs, que mes doléances ne sont point simplement le fait de ma vanité. Non, mes difficultés ont pour origine un problème autrement plus sérieux. En effet, il est d'usage dans nos familles que tout le travail nécessaire à notre subsistance soit fourni par ma sœur et moi. Si elle était victime de la moindre indisposition — je profite de l'occasion pour vous confier qu'elle est sujette aux rhumatismes, aux crampes et parfois atteinte de goutte, sans parler des accidents —, quel serait alors le sort de notre pauvre famille ? Nos parents ne devraient-ils pas nourrir d'amers regrets d'avoir traité si inégalement deux sœurs si parfaitement identiques ? Hélas ! nous pourrions périr dans la détresse qu'il ne me serait pas même possible de gribouiller une demande de secours et j'ai été dans l'obligation de faire appel à une main étrangère pour rédiger la requête que j'ai l'honneur de vous faire parvenir aujourd'hui.

J'espère, Messieurs, que vous daignerez attirer l'attention de mes parents sur l'injustice que constitue leur tendresse si partiale et sur la nécessité de partager également leur affection et leurs soins entre leurs enfants. Je reste, Messieurs, votre obéissante et respectueuse servante,

La Main gauche

Pour transporter un serpent à sonnette

Les facéties de Franklin ne servaient pas uniquement à fustiger des comportements privés. Il fait montre de la même verve, d'une redoutable efficacité, lorsqu'il s'agit de défendre les intérêts publics. Dans la Gazette de Pennsylvanie *du 11 avril 1751, Benjamin Franklin publie « Sur la déportation des criminels », un article, signé de son nom, dans lequel il s'insurge très sérieusement face à la multiplication de crimes et de faits-divers impliquant les malfaiteurs dont l'Angleterre se débarrasse en les déportant dans les colonies d'Amérique.*

Mais l'humour refait vite surface dans la réponse qu'il s'auto-adresse, sous pseudonyme, et publie dans le même journal le 9 mai 1751.

Monsieur le Rédacteur de la *Gazette*,

D'après l'un de vos derniers articles, je comprends que le Gouvernement anglais ne souffrira pas que nos Assemblées coloniales, se fourvoyant visiblement, dites-vous, votent une loi pour prévenir ou décourager le transport de bagnards depuis la Grande-Bretagne. Et ce au simple titre qu'« *une telle loi serait contraire à l'Utilité Publique, en empêchant le DÉVELOPPEMENT et le PEUPLEMENT SATISFAISANT des Colonies* ».

Que notre *Mère Patrie* se préoccupe avec tant de tendresse du *bien-être* de ses enfants américains nous impose de manifester bruyamment notre gratitude et de nous acquitter avec empressement de nos devoirs envers elle. Nous y sommes tous sensibles, mais j'avoue que dans de telles circonstances, il est absolument impossible de nous montrer à la hauteur d'une si grande *faveur*. Malgré tout, nous devons tenter de prouver notre reconnaissance.

Dans quelques régions inhabitées de nos Provinces, on trouve de nombreux spécimens de ces reptiles venimeux que l'on nomme serpents à sonnette. On dit de ces perfides, coupables depuis l'origine du monde, que si jamais vous en croisez un, vous devez l'exterminer en vertu de l'antique loi de la Bible : *Il faut lui écraser la tête*. Mais c'est une loi sanguinaire, qui peut sembler par trop cruelle ; et si malfaisantes que soient ces créatures, il doit être possible de corriger leur nature en les changeant de climat. J'oserai donc humblement proposer que cette habituelle sentence de *mort* soit commuée en *déportation*.

Lorsqu'aux premiers jours du printemps les serpents se glissent hors de leur trou, ils sont si faibles et si lents que l'on peut aisément les attraper et pour peu qu'une prime minime par tête soit promise, des milliers de ces animaux pourraient être capturés chaque année et *transportés* en Grande-Bretagne. Je propose également qu'ils soient soigneusement répartis entre *St James's*

Park, Spring Gardens et d'autres lieux de promenade londoniens ; sans oublier les jardins de la noblesse et de la bonne société à travers tout le pays. Et je propose de choisir en priorité ceux du *Premier Ministre*, du *Ministre du Commerce* et de tous les *Membres du Parlement* dont nous sommes *plus particulièrement* les obligés.

Bien que je reconnaisse que certains puissent y trouver quelques inconvénients, aucun projet ne me semble plus parfait que celui du Gouvernement anglais. Car un plan doit être considéré comme utile et prêt à être exécuté quand les avantages excèdent de beaucoup les désagréments. Pourtant, des objections ont couramment été soulevées à l'encontre de ce bon et *sage* décret du Parlement en vertu duquel toutes les *Newgate* et tous les cachots britanniques doivent se vider grâce aux Colonies. En effet, il est couramment avancé que tous ces voleurs, ces scélérats, introduits parmi nous perpétuent d'horribles crimes et souillent la moralité de la jeunesse. Mais de simples *intérêts privés* peuvent-ils aller à l'encontre de l'*Utilité publique* ? Notre *Mère* sait ce qui est le mieux pour nous. Que sont un *vol à l'étalage*, un petit *cambriolage* ou les méfaits d'un *détrousseur de grand chemin* ; que sont un fils définitivement *corrompu* et bientôt *pendu*, une fille *débauchée* et *vérolée*, une épouse *poignardée*, un époux *égorgé*, ou un enfant *au crâne ouvert* par une hache, comparés au DÉVELOPPEMENT et au PEUPLEMENT SATISFAISANT des Colonies !

On pourrait peut-être également opposer à ma proposition que le *serpent à sonnette* est une créature malfaisante et que l'espoir de changer sa nature grâce au climat reste une simple hypothèse qui, dans les faits, est loin d'être démontrée. Et alors ? N'existe-t-il pas d'exemples où les actes l'emportent sur la théorie ? Et ne se pourrait-il pas que les membres de la sévère et honnête bonne société britannique apprennent, en se familiarisant avec ces reptiles, à *ramper*, et à *s'insinuer*, et à *baver*, et à *se faufiler* un peu partout (peut-être même en crachant leur *venin* sur ceux qui se trouvent sur leur chemin) — toutes qualités qui ne sont pas sans intérêt pour un courtisan. Comparé à tant de Développement et d'Utilité Publique, que peut peser la mort d'un *enfant*, mordu par des crochets venimeux, ou même celle de votre *toutou* favori.

J'aimerais simplement ajouter que cet envoi de criminels vers les Colonies pourrait également être considéré comme un *commerce*, en plus d'une marque de *faveur*. De nos jours, tout acte commercial implique des *contreparties*, ce n'est que justice et il ne peut y avoir de bonnes relations commerciales autrement. Les serpents à sonnette semblent *la contrepartie la plus équitable* aux *serpents humains* que nous envoie notre *Mère Patrie*. Mais en dépit de tout, elle gardera dans ce domaine, comme dans tous les autres d'ailleurs, un net avantage sur nous en récoltant la moitié des bénéfices, sans *partager* tout aussi équitablement les inconvénients et les dangers. Car les *serpents à sonnette* avertissent avant de se livrer à leurs méfaits, ce que les criminels ne font pas.

Americanus

Pour humilier les rebelles américains

Franklin était coutumier de ces lettres caustiques, qu'il signait de pseudonymes pour les adresser à divers journaux. Celle-ci est parue dans le Public Advertiser *de Londres du 21 mai 1774. Il se met ici à la place de l'un de ces importants propriétaires anglais à qui la plupart des terres américaines appartenaient. Après avoir largement contribué à peupler les Colonies pour augmenter leurs revenus, ceux-ci commençaient à s'inquiéter de leur développement rapide et des menaces d'indépendance. Ces propriétaires tentèrent alors régulièrement d'influencer leurs représentants au Parlement afin d'obtenir des moyens de rétablir leur autorité dans les Colonies.*

Monsieur le Rédacteur en chef,

Permettez-moi, par l'intermédiaire de votre journal, de transmettre au Premier Ministre puis, par son entremise, à ses mercenaires, nos Électeurs-Représentants, un avis personnel, bien que partagé par nombre de mes frères propriétaires fonciers de cet Empire, sur la méthode la plus simple pour humilier nos vassaux rebelles d'Amérique du Nord. Nous avons déjà réaffirmé, par le biais de ces mêmes Représentants, que nous sommes les Maîtres suprêmes de leurs personnes et de leurs biens. Mais bien qu'ils occupent nos terres, celles-ci sont si éloignées que nous avons les plus grandes difficultés pour les surveiller, sauf à engager d'importantes dépenses, et cela encourage les comportements séditieux. Si nous n'y prenons pas garde, ils seront incités avant longtemps à dénier notre autorité ; en moins d'un siècle, ils secoueront leur carcan et d'esclaves deviendront maîtres, d'autant que c'est un peuple robuste, hardi, qui encourage les mariages précoces. Les femmes américaines étant d'une fécondité étonnante, dans cent ans ils seront très nombreux et à même de nous défier. Pour prévenir efficacement ce danger, comme nous sommes légitimement fondés à le faire, nous nous permettons humblement de faire une proposition et nous donnons par la présente des instructions à nos Représentants afin qu'un texte de loi soit rédigé, voté, et que des ordres soient immédiatement transmis au Général Cage, notre Commandant en chef des armées en Amérique du Nord, demandant que tous les hommes soient castrés. Il devra, pour sa campagne vers les plus grandes villes, être à la tête de cinq bataillons. De l'avis de plusieurs généraux expérimentés que nous avons consultés, cela suffira pour soumettre l'Amérique si elle entrait en rébellion ouverte ; car qui pourrait résister aux intrépides fils d'Albion, à la Terreur de la France et de l'Espagne, aux Conquérants de l'Amérique ? Qu'une compagnie de castreurs de porcs, constituée de cent hommes, accompagne l'armée. Qu'à leur arrivée dans chaque ville ou village, ils sonnent la trompe et donnent l'ordre à tous les mâles de se rassembler sur la place du marché. Si ce corps expéditionnaire est composé d'hommes habiles et d'une grande dextérité, la tâche sera vite expédiée et ne retardera que très peu l'avancée de l'armée. Les pouvoirs du Général devront être très étendus, mais il pourrait y avoir également une clause dans la loi qui laisserait à sa discrétion le fait de vérifier que les insurgés les plus notoires, comme Hancock, Adams, etc., qui ont été les fers de lance de la rébellion de nos serviteurs, soient coupés de très près. Néanmoins, même si aucun de ces révoltés ne peut s'échapper de la ville de Boston, que tous les hommes soient soumis à l'opération, pour obéir à cette maxime généralement adoptée de nos jours par nos dignes Représentants qui affirme qu'il vaut mieux dix innocents châtiés plutôt qu'un coupable en fuite. Du sang sera versé, c'est vrai, mais peu de vies seront perdues et saigner quelque peu est souvent bon pour la santé. L'Anglais, dont l'Humanité est célébrée dans le monde entier, et plus particulièrement par lui-même, ne désire pas la mort des délinquants, mais leur amendement. Les avantages résultant de l'exécution de ce plan sont évidents.

Dans moins de cinquante ans, il est probable que nous n'aurons plus le moindre sujet rebelle en Amérique du Nord. Nous les aurons coupés à la racine. Dans le même temps, une dépense considérable aura été épargnée aux directeurs de l'Opéra et notre haute société pourra être divertie à peu de frais par les merveilleuses voix de nos propres castrats. Désormais, les sommes énormes que nous envoyons chaque année en Italie resteront dans le royaume. Notre projet servira également grandement le commerce avec le Levant, car nous pourrons fournir au Sérail du Grand Turc ainsi qu'aux harems des grands seigneurs de nos colonies ottomanes de pleines cargaisons d'eunuques et de belles femmes, et pour eux l'Amérique deviendra aussi célèbre que la Circassie[1]. Je pourrais énumérer nombre d'autres avantages, mais je n'en mentionnerai qu'un supplémentaire : cela mettra fin définitivement à l'émigration fort en vogue actuellement dans notre pays.

Je ne doute pas que vous jugerez cette proposition opportune et propre à être mise en œuvre rapidement, car il n'y a pas une minute à perdre.

1. Allusion à une des *Lettres persanes* de Montesquieu, dans laquelle il affirme que les femmes de Circassie sont parmi les plus belles.

Je suis, Monsieur le Directeur (pour moi-même et pour le compte de nombre de propriétaires de Grande-Bretagne), votre humble serviteur.

Un Propriétaire terrien
d'Old Sarum[1]

1. Ancien nom de la ville de Salisbury.

Supplique de la lettre *Z*

À partir de 1776, Franklin est en France pour plaider la cause de l'Indépendance américaine. La chose n'est pas toujours simple et, en 1778, il écrit ce petit texte pour se moquer des récriminations d'un autre envoyé du Congrès américain, Arthur Lee, jaloux de sa popularité. Cette Supplique est également un hommage à Jonathan Swift qui utilisait le pseudonyme d'Isaac Bickerstaff lorsqu'il publiait des textes satiriques dans le journal The Tatler.

À l'admirable Isaac Bickerstaff, Censeur-Général, est adressée une supplique de la lettre Z, communément appelée *Zède*, pour très humblement faire valoir :

Que la demanderesse est de haute extraction, et que sa qualité est aussi estimable que celle de n'importe quelle autre lettre de l'alphabet.

Qu'il n'existe aucune raison pour qu'elle soit traitée avec mépris et insultée.

Que sa place à la queue de l'alphabet ne lui donne pas moins de droits qu'aux lettres placées à la tête. Qu'elle a été, à cause de manœuvres de ses ennemis, totalement exclue du mot RAISON, par exemple, et que sa place a été indûment usurpée par une sifflante, crochue, serpentine et venimeuse petite lettre appelée *s*, alors qu'il doit sembler évident au monde entier, et surtout à vous, Monsieur, que R, A, I, S, O, N, ne devrait pas s'épeler ni se prononcer *Raizon*, mais *Raiçon*.

La demanderesse implore de votre autorité de Censeur une réforme de l'alphabet, et que, en réparation *de sa longue souffrance et de sa patience*, elle soit placée à sa tête ; que le S soit chassé du mot Raison et que la demanderesse prenne sa place ;

Ainsi, votre demanderesse (comme le devoir le lui impose) vous gardera dans ses prières, etc...

Z

Mr Bickerstaff a examiné les déclarations de la supplique précitée, en a jugé et décidé ainsi : que Z doit être réprimandée et se satisfaire de sa place, doit s'abstenir de toute réflexion sur ses sœurs les Lettres et se souvenir de son peu d'utilité et de la place réduite qu'elle tient dans la République des Lettres par rapport au S, qui, bien qu'elle le méprise, peut tout à fait la remplacer.

In vino veritas

Cette lettre, rédigée à Passy en 1781,
est l'unique texte de ce recueil écrit directement
en français par Benjamin Franklin.
Elle est illustrée de dessins de l'un de ses petit-fils
qui l'avait accompagné à Paris lors de sa mission
auprès de la cour de France.
Le destinataire, l'abbé Morellet, était l'un
des proches de Franklin, philosophe, rédacteur de
*plusieurs articles de l'*Encyclopédie *;*
sa virulence lui avait valu d'être surnommé
Abbé Mords-les par Voltaire.
Mais si ce texte garde un semblant de sérieux,
la chanson que Franklin avait écrite sur le même
thème en 1743, que nous donnons à la suite, peut
clairement être classée dans les chansons à boire !

À Monsieur l'Abbé Morellet,

Vous m'avez souvent égayé, mon très-cher ami, par vos excellentes chansons à boire ; en échange, je désire vous édifier par quelques réflexions chrétiennes, morales et philosophiques, sur le même sujet.

In vino veritas, dit le sage. *La vérité est dans le vin.* Avant Noé donc, les hommes, n'ayant que de l'eau à boire, ne pouvaient pas trouver la vérité. Ainsi ils s'égarèrent, ils devinrent abominablement méchants, et ils furent justement exterminés par l'*eau* qu'ils aimaient à boire.

Ce bonhomme Noé ayant vu que par cette mauvaise boisson tous ses contemporains avaient péri, la prit en aversion, et Dieu, pour le désaltérer, créa la vigne et lui révéla l'art d'en faire du vin. Par l'aide de cette liqueur, il découvrit maintes et maintes vérités, et depuis son temps le mot *deviner* a été en usage, signifiant originairement *découvrir par le moyen du VIN*. Ainsi, le patriarche Joseph prétendait *deviner* au moyen d'une coupe ou d'un verre de VIN, liqueur qui a reçu ce nom pour marquer qu'elle n'était pas une invention humaine, mais di*vin*e (autre preuve de l'antiquité de la langue française contre M. Gébelin). Aussi, depuis ce temps, toutes les choses excellentes, même les déités, ont été appelées di*vin*es ou di*vin*ités.

On parle de la conversion de l'eau en vin, à la noce de Cana, comme d'un miracle. Mais cette conversion est faite tous les jours par la bonté de Dieu, sous nos yeux. Voilà l'eau qui tombe des cieux sur nos vignobles, et alors elle entre dans les racines des vignes pour être changée en vin ; preuve constante que Dieu nous aime et qu'il aime à nous voir heureux. Le miracle particulier a été fait seulement pour hâter l'opération, dans une circonstance de besoin soudain qui le demandait.

Il est vrai que Dieu a aussi instruit les hommes à réduire le vin en eau. Mais quelle espèce d'eau ? C'est l'*eau-de-vie*. Et cela, afin que par là ils puissent au besoin faire le miracle de Cana, et convertir l'eau ordinaire en cette espèce excellente de vin qu'on appelle *punch* !

Mon frère chrétien, soyez bienveillant et bienfaisant comme lui, et ne gâtez pas son bon ouvrage. Il a fait le vin pour nous réjouir. Quand vous voyez votre voisin à table verser du vin dans son verre, ne vous hâtez pas à y verser de l'eau. Pourquoi voulez-vous noyer la *vérité* ? Il est vraisemblable que votre voisin sait mieux que vous ce qui lui convient. Peut-être il n'aime pas l'eau ; peut-être il ne veut mettre que quelques gouttes par complaisance pour la mode ; peut-être il ne veut pas qu'un autre observe combien peu il en met dans son verre. Donc, n'offrez l'eau qu'aux enfants ; c'est une fausse politesse et bien incommode. Je vous dis ceci comme un homme du monde, et je finirai comme j'ai commencé, en bon chrétien, en vous faisant une observation religieuse bien importante et tirée de l'Écriture sainte ; savoir que l'apôtre Paul conseillait bien sérieusement à Timothée de mettre du vin dans son eau pour la santé ; mais que pas un des apôtres, ni aucun des saints Pères, n'ont jamais conseillé de mettre *de l'eau dans le vin* !

B. Franklin

P.-S. Pour vous confirmer encore plus dans votre piété et reconnaissance à la Providence divine, réfléchissez sur la situation qu'elle a donné au *coude*. Vous voyez aussi (fig. 1 et 2) que les animaux qui doivent boire l'eau qui coule sur la terre, s'ils ont les jambes longues, ont aussi un cou long, afin qu'ils puissent atteindre leur boisson sans peine de se mettre à genoux. Mais l'homme, qui était destiné à boire du vin, doit être en état de porter le verre à sa bouche. Si le coude avait été placé plus près de la main (comme sur la fig. 3), la partie d'avant aurait été trop courte pour approcher le verre de la bouche ; et s'il avait été placé plus près de l'épaule (comme sur la fig. 4), la partie serait si longue qu'il porterait le verre au-delà de la tête. Ainsi, nous aurions été *tantalisés*. Mais, par la présente situation du coude (représentée fig. 5) nous sommes en état de boire à notre aise, le verre venant justement à la bouche.

Adorons donc, le verre à la main, cette sagesse bienveillante ! Adorons et buvons !

Fig. 1.

Fig. 2.

Fig 3.

Fig. 4.

Fig. 5.

Les Premiers hommes

Les Premiers hommes étaient tous parfaitement sobres
Ils n'avaient pas de vin, ne brassaient pas en octobre ;
Tous méchants, bilieux, de mauvais coups préparant,
Pas de bons vivants, sans bons remontants.
Tralalère…

C'est ce vieux et honnête Noé qui planta vigne le premier,
Et, buvant son vin, conserva sa moralité ;
Il condamna à bon droit les buveurs d'eau ;
Sachant que toute l'humanité allait en périr bientôt.
Tralalère…

De cet épisode, clairement nous apprenons
Que l'eau n'est bonne ni pour le corps ni pour la raison ;
Que dans l'ivresse se trouvent vertu et sécurité,
Alors que tout ce qui boit de l'eau mérite d'être noyé.
Tralalère…

Aussi, pour notre salut, levons notre verre.

Lettre à l'Académie Royale

1781

À l'Académie Royale de Bruxelles

Messieurs,

J'ai lu avec attention le sujet proposé pour votre nouveau concours de Mathématiques qui doit, l'année prochaine, faire suite à celui de Philosophie Naturelle, à savoir :

Une figure quelconque donnée, on demande d'y inscrire le plus grand nombre de fois possible une autre figure plus petite quelconque, qui est aussi donnée.*

J'ai été heureux de m'apercevoir, grâce à la phrase qui suivait — *L'Académie a jugé que*

* En français dans le texte.

*cette découverte, en repoussant les limites de nos connaissances, ne serait pas sans utilité** — que vous considériez l'*utilité* comme un élément essentiel de cette recherche, ce qui est loin d'être le cas de toutes les Académies. Je peux en conclure que vous avez choisi ce domaine, les mathématiques, au lieu de la philosophie ou de la physique comme l'auraient demandé de nombreux érudits, uniquement pour n'avoir pas trouvé un sujet en Sciences Physiques à même de présenter une *utilité* supérieure.

Permettez-moi humblement de vous en proposer un qui, si vous l'approuvez, pourrait être soumis à l'ensemble des Physiciens, Chimistes, etc. de ce siècle éclairé, afin qu'ils le soumettent sérieusement à leur sagacité.

Il est universellement connu que la digestion des aliments crée ou produit dans les entrailles des êtres humains une grande quantité de vents.

Que permettre l'évacuation de ce gaz puis le laisser se mêler à l'atmosphère est généralement une offense pour l'entourage, en raison de l'odeur fétide également libérée.

Que toute personne bien élevée, plutôt que de causer une telle offense, préférera contrecarrer les efforts faits par la Nature pour disperser ces vents.

Que de telles restrictions, en contrariant la Nature, occasionnent, non seulement de fréquentes douleurs sur l'instant, mais peuvent provoquer pour l'avenir des maux plus graves tels que coliques chroniques, hernies, tympanites, etc. souvent fatales pour la santé et parfois même pour la vie.

Si ce n'était à cause de l'odieuse offense olfactive de ces évacuations, les personnes courtoises ne se contraindraient en cela sans doute pas plus qu'elles ne le font pour cracher ou se moucher en public.

Mon sujet pour le concours pourrait donc être : *Découvrir quelque saine et agréable médecine qui, mêlée à nos aliments et nos sauces, pourrait rendre les émissions de vents de nos corps, non seulement inoffensives, mais agréables et parfumées.*

Il vous apparaîtra, je l'espère, que ce projet n'est ni chimérique, ni complètement inconcevable, grâce aux observations suivantes : Nous avons déjà connaissance de moyens de modifier l'odeur en question. Celui qui dîne de viandes faisandées, abondamment garnies d'oignons, finira par répandre un effluve que personne ne pourra supporter, alors que celui qui, pendant quelque temps, ne se nourrirait que de légumes, aurait une haleine si pure qu'elle serait indétectable par les odorats les plus fins, et s'il réussissait à maîtriser leur bruit, il pourrait, où qu'il soit, libérer ses vents douloureux de la façon la plus discrète. Mais nombreux sont ceux pour lesquels un régime rigoureusement végétarien serait un vrai désagrément et, tout comme un peu de chaux vive jetée dans les lieux d'aisances corrigera la quantité extraordinaire de gaz fétides issus de l'énorme masse de matière putride y stagnant afin de les rendre plus plaisants au nez, qui sait si un peu de poudre de chaux (ou quelque équivalent) ajoutée à nos plats, ou un verre d'eau de chaux bu après le dîner, ne pourraient avoir le même effet sur les gaz produits et évacués par nos viscères ? Cela mériterait expérimentation.

Il est également certain que nous avons la possibilité de changer assez simplement l'odeur de nos autres émissions. Quelques tiges d'asperges donneront à notre urine une senteur incommodante, et une pastille de térébenthine pas plus grosse qu'un pois lui conférera celle agréable de la violette. Et pourquoi devrait-on penser plus impossible, au fond, de trouver des modes pour parfumer nos *gaz* alors que nous l'avons fait pour nos *fluides* ?

Pour encourager cette étude (dont on peut penser qu'une gloire éternelle récompensera l'inventeur lauréat), permettons-nous de considérer combien peu importantes pour l'humanité ont été les découvertes qui ont jusqu'ici rendu des Hommes de science célèbres. Y a-t-il à ce jour vingt hommes en Europe plus heureux ou même ayant la vie plus facile pour avoir connaissance des enseignements d'Aristote ? Quel réconfort peuvent apporter les *Discours* de Descartes à celui dont les entrailles ne cessent de tournoyer ! L'étude des théories de Newton sur l'*attraction* mutuelle des particules de la matière permet-elle de faciliter l'existence de qui est torturé par leur mutuelle *répulsion* et les cruelles dilatations qui en découlent ? La satisfaction ressentie par quelques scientifiques dans les rares occasions où, au cours de leur vie, ils observeront la lumière séparée en rayons de sept couleurs grâce au prisme de Newton, peut-elle être comparée au soulagement et au bien-être que chaque homme pourrait ressentir, sept fois par jour, en évacuant librement les vents de son ventre ? spécialement s'ils sont parfumés. Et même si les plaisirs de l'un des sens semblent légèrement inférieurs à ceux d'un autre, au lieu de satisfaire la *vue*, l'homme pourrait réjouir l'*odorat* de tous autour de lui, et ainsi contenter l'assemblée, ce qui apporterait un infini bonheur aux esprits bienveillants.

L'âme généreuse qui, jusqu'à présent, faisait son possible pour découvrir les préférences des amis qu'il reçoit : bordeaux ou bourgogne, champagne ou madère, chercherait dorénavant à savoir également s'ils en tiennent pour le musc ou le lys, la rose ou la bergamote, et s'approvisionnerait en conséquence. Il est bien certain qu'une telle liberté d'*émettre* ses *sentiments*, et de *plaire ainsi à ses voisins*, serait infiniment plus importante pour le bonheur de l'humanité que cette fameuse Liberté de la *Presse*, ou que de *s'insulter les uns les autres*, toutes choses pour lesquelles les Anglais sont si prompts à se battre et à mourir.

En bref, le jour où l'on fera cette découverte sera comme, pour suivre les mots de Bacon : *faire entrer de plain-pied la Science au sein des affaires des hommes*. En conclusion, pour ce qui est de l'universelle et perpétuelle **Utilité**, toutes les connaissances de ces Hommes de science déjà cités, Messieurs, même après avoir étudié votre *Figure quelconque**, et les figures qui y sont inscrites, ne valent décidément pas un PET.

L'Almanach du Bonhomme Richard

Franklin a rédigé, publié et imprimé
L'Almanach du Bonhomme Richard
tous les ans de 1732 à 1758, date à partir de laquelle il le confiera à son associé David Hall. Il ouvrait chaque Almanach par un essai introductif, le texte qui suit étant celui de 1733. Le signataire, Richard Saunder, est, bien entendu, un personnage fictif pour lequel Franklin a emprunté le nom d'un astrologue anglais vivant au siècle précédent ; il en est de même pour Titan Leeds, son prétendu concurrent. Mais lorsque Benjamin Franklin annonce son décès dans ces lignes, cela n'est pas seulement un bon exemple de son humour à l'encontre des prédictions astrologiques souvent contenues dans les Almanachs, cela peut également être compris comme une marque (un peu macabre) de son excellent sens des affaires, qui a rapidement rendu cet Almanach le plus prospère de Pennsylvanie.

1733

Aimable lecteur,

Je devrais, dans ces quelques lignes, tenter de gagner vos faveurs en déclarant que je n'ai rédigé ces *Almanachs* sans autre but que le bien commun. Mais je ne serais pas sincère, et les lecteurs sont désormais trop avisés pour se laisser attendrir par des simulacres ô combien spécieux. La véritable raison est que je suis extrêmement pauvre, et que ma chère et tendre épouse est, je vous l'avoue, excessivement fière. Elle ne peut supporter, m'a-t-elle déclaré, de s'installer pour filer vêtue de sa méchante robe alors que je ne fais rien, si ce n'est contempler les étoiles ; et elle a menacé plus d'une fois de brûler tous mes livres et ma « Quincaillerie » (comme elle surnomme mes instruments) s'ils ne me permettaient pas d'en tirer un quelconque profit pour le bien de ma famille. Or, mon imprimeur m'a offert une part non négligeable des bénéfices.

Cette proposition aurait eu, en effet, assez de force pour me faire publier un Almanach chaque année, mais je m'en suis jusqu'ici abstenu par égard pour mon excellent ami et condisciple, M. *Titan Leeds*, dont je me refuse à spolier les intérêts. Néanmoins (et c'est sans plaisir aucun que je vous l'annonce) cet empêchement n'en sera bientôt plus un, car la mort inexorable, qui n'a jamais appris à respecter le mérite, prépare déjà ses traits mortels. À l'instant même la Parque fatale prépare ses ciseaux meurtriers, et cet homme ingénieux nous sera bientôt enlevé. Il mourra, si j'en crois les calculs que j'ai effectués à sa demande, le 17 octobre 1733 à 3 heures 29 de l'après-midi au moment exact où... Mais il a déduit de ses propres recherches qu'il survivrait jusqu'au 26 du même mois. Cet écart infime a fait l'objet d'une controverse il y a neuf ans lors de notre première rencontre mais, à la longue, il a fini par souscrire à mes vues. Lequel d'entre nous était le plus exact, nous le saurons dans peu de temps désormais. Ainsi comme, après cette année, nos Provinces ne doivent plus s'attendre à pouvoir continuer à lire ses interprétations, je pense être libre de reprendre cette tâche et je requiers les encouragements du public ; car je suis le plus apte pour espérer que les acheteurs de mon Almanach considéreront leur achat, non seulement comme l'acquisition d'un objet utile, mais aussi comme un bel acte de charité envers votre pauvre et amical serviteur,

R. Saunder

Trois fables

De nouvelles fables, humblement rédigées à l'intention du secrétaire d'État auprès du Ministère de l'Intérieur.

I

Un troupeau de vaches fournissait, depuis bien longtemps, de grandes quantités de lait, de beurre et de fromage. Le fermier, avare, se mit à restreindre son herbe nourricière puis à la faucher pour vendre le foin. Il laissait les animaux s'éloigner à la recherche de pâture, comptant malgré tout les traire comme à l'accoutumée, mais les vaches, indignées par son inconséquence, résolurent de donner leur lait à un autre.

II

Un aigle, le roi des oiseaux, planait au-dessus du champ d'un fermier ; il vit un chat paressant au soleil, le prit pour un lapin, fondit sur lui, le saisit et l'emporta dans les airs, prévoyant un bon repas. Le chat se débattit et planta ses griffes dans la gorge du rapace. Celui-ci, comprenant son erreur, ouvrit ses serres et voulut laisser choir sa proie. Mais le matou, peu disposé à tomber de si haut, s'accrocha si fort que l'aigle, pour en venir à bout, dut le reposer là où il l'avait pris.

III

Un bateau partant de Guinée embarqua un jour un lionceau qui devait être offert à un Américain. L'animal était apprivoisé et aussi inoffensif qu'un chaton, on ne l'enfermait donc pas et on le laissait se promener sur le vaisseau à sa guise. Le Capitaine possédait un dogue anglais imposant, qui, méprisant la faiblesse du jeune lion, lui dérobait fréquemment sa nourriture avant de la cacher dans sa niche où il faisait alors mine de se reposer. Le lionceau, malgré tout, grandissait chaque jour en taille et en force ; le voyage était long, et vers la fin il était devenu un adversaire à la mesure du dogue. Celui-ci persistait dans ses affronts et reçut du lion un coup de patte formidable qui lui arracha la peau des oreilles et le dissuada assez fortement de toute future contestation. Il regretta alors de n'avoir pas recherché son amitié au lieu de provoquer son hostilité.

Lettre à un ami de Londres

1774

Dites à notre excellent ami, le Dr Price, de ne nullement s'alarmer pour nous (je me souviens en effet qu'il nourrissait quelques inquiétudes), car tous autant que nous sommes restons soudés et résolus.

Je le sais brillant mathématicien, je vais donc lui confier quelques données qu'il lui plaira sans doute d'exploiter : le gouverneur colonial anglais a mené ici une campagne militaire qui a coûté deux millions. Ses soldats ont avancé d'un kilomètre, avant de reperdre la moitié du terrain conquis ; lors de cette offensive, ils ont perdu quinze cents hommes et tué cent cinquante Yankees. Dans le même temps, nous avons vu naître entre soixante et soixante-dix mille enfants. Demandez-lui, en conclusion, combien de temps faudra-t-il à l'Angleterre pour conquérir l'Amérique ?

Table

PAPIER À BASE DE FIBRES CERTIFIÉES

Le Livre de Poche s'engage pour l'environnement en réduisant l'empreinte carbone de ses livres. Celle de cet exemplaire est de :
100 g éq. CO_2
Rendez-vous sur www.livredepoche-durable.fr

Composition réalisée par DATAGRAFIX

Achevé d'imprimer en janvier 2013 en Espagne par
BLACK PRINT CPI IBERICA
Sant Andreu de la Barca (Barcelona)
Dépôt légal 1re publication : février 2013
LIBRAIRIE GÉNÉRALE FRANÇAISE – 31, rue de Fleurus – 75278 Paris Cedex 06

30/8923/2

[illegible]